Analyse de l'œuvre

Par Annabelle Falmagne
et Hélène Dupuis

Le Barbier de Séville

de Beaumarchais

lePetitLittéraire.fr

Rendez-vous sur lepetitlitteraire.fr et découvrez :

Plus de 1200 analyses
Claires et synthétiques
Téléchargeables en 30 secondes
À imprimer chez soi

BEAUMARCHAIS

DRAMATURGE, POÈTE, HOMME POLITIQUE ET MUSICIEN FRANÇAIS

- **Né en 1732 à Paris**
- **Décédé en 1799 dans la même ville**
- **Quelques-unes de ses œuvres :**
  - *Eugénie* (1767), pièce de théâtre
  - *Le Mariage de Figaro* (1784), pièce de théâtre
  - *La Mère coupable* (1792), pièce de théâtre

Né Pierre Augustin Caron à Paris en 1732, Beaumarchais tient son pseudonyme d'une propriété de son épouse : le Bois Marchais. Il travaille dans un premier temps à l'atelier de son père, maitre horloger. Séducteur invétéré, il est déjà en vue à Paris à partir de 1759 en tant que maitre de musique des filles de Louis XV (1710-1774), puis en tant que conseiller-secrétaire du roi. Il exerce ensuite diverses fonctions diplomatiques.

Beaumarchais ne connaitra réellement le succès littéraire qu'à partir de 1775, avec la représentation du *Barbier de Séville*. Victime de la censure, puis du fonctionnement archaïque de la Comédie-Française, Beaumarchais fonde la Société des auteurs dramatiques en 1777. Elle sera à l'origine de la reconnaissance du droit d'auteur. Il meurt en 1799.

LE BARBIER DE SÉVILLE
OU LA PRÉCAUTION INUTILE

UNE COMÉDIE AMOUREUSE PLEINE DE VIVACITÉ

- **Genre :** théâtre (comédie)
- **Édition de référence :** *Le Barbier de Séville*, Paris, Didier & Méricant, coll. « Les Classiques de la Civilisation française », 1960, 111 p.
- **1re édition :** 1775
- **Thématiques :** amitié, amour, ruse, travestissement, mariage

Jouée une première fois le 23 février 1775, la comédie intitulée *Le Barbier de Séville*, qui était alors composée de cinq actes, connait d'abord un échec retentissant. Beaumarchais remanie dès lors en quelques jours la pièce et la réduit à quatre actes. La seconde représentation, qui a lieu le 26 février 1775, rencontre enfin le succès escompté.

Suivant le même schéma que *L'École des femmes* (1662) de Molière (1622-1673), l'intrigue raconte comment, dans l'Espagne du XVIIIe siècle, le comte Almaviva, avec l'aide d'un barbier nommé Figaro, réussit à épouser Rosine, une jeune fille promise à son tuteur, le vieux médecin Bartholo.

Truffée d'effets comiques le plus souvent liés à des jeux mots et aux déguisements portés par les personnages, cette comédie amoureuse se caractérise essentiellement par la vivacité de ses dialogues.

RÉSUMÉ

ACTE I

Le comte Almaviva quitte Madrid pour Séville afin de retrouver une jeune orpheline nommée Rosine dont il est follement épris (scène I). Une fois arrivé à Séville, le comte rencontre, sous la fenêtre de Rosine, Figaro, qui était anciennement à son service et qui travaille désormais comme barbier et apothicaire pour le médecin Bartholo (scène II). Grâce à Figaro, Rosine apprend la présence d'un prétendant et jette par la fenêtre une chanson intitulée *La Précaution inutile*, sur laquelle sont inscrits quelques mots afin que son soupirant lui révèle son nom. Le comte s'empare rapidement de la missive, tandis que Bartholo, rongé par la jalousie, cherche dans la rue le papier (scène III).

Figaro dépeint au comte la situation et dresse un portrait peu élogieux du médecin Bartholo. Il lui annonce également qu'il sera son complice et lui propose une ruse pour pénétrer dans la maison : se déguiser en officier ivre afin de réclamer l'hospitalité de Bartholo (scène IV). Le comte et Figaro entendent Bartholo parler d'un certain Bazile qui doit préparer secrètement son mariage avec Rosine (scène V). Le comte, par le biais d'une chanson, se fait nommer Lindor dans le but de ne pas être reconnu et déclare ses sentiments à la jeune orpheline (scène VI).

ACTE II

Dans la maison de Bartholo, Figaro retrouve Rosine. Il lui

apprend qu'il est le complice de Lindor et lui demande de lui remettre une lettre pour son amant (scènes I-III). Dans le but de préparer la venue du comte, Figaro rend ensuite malades tous les domestiques de la maison, ce qui provoque la colère de Bartholo (scènes IV-VII). Ce dernier apprend, grâce à Bazile, la présence du comte à Séville. Bazile lui conseille alors de défendre à quiconque d'approcher Rosine d'ici le lendemain, jour de son mariage avec la jeune fille (scènes VIII à XI).

Le comte, déguisé en cavalier ivre, arrive chez Bartholo et lui réclame l'hospitalité. Il profite de l'occasion pour remettre une lettre à Rosine, qui l'a reconnu en tant que Lindor. Le médecin, méfiant, prétexte qu'il est dispensé d'héberger des militaires et renvoie le comte. Il demande ensuite à lire la lettre qu'a reçue sa pupille. Rosine, dans un premier temps, refuse, puis, après avoir feint un évanouissement et avoir changé la lettre du comte par une missive de son cousin, laisse son tuteur lire la lettre, dissipant ainsi ses soupçons (scènes XII-XVI).

ACTE III

Le comte utilise alors une seconde ruse : il se présente chez Bartholo sous le nom d'Alonzo, un soi-disant disciple de Bazile. Il prétend que ce dernier est indisposé et qu'il vient donc le remplacer. Mais le docteur se méfie. Pour gagner sa confiance, le comte lui montre la lettre que Rosine lui a écrite et dans laquelle elle dévoile ses sentiments. Il lui explique également qu'il est un complice de Bazile, pour lequel il espionne le comte Almaviva. Il donne même à Bartholo un moyen de pression contre sa pupille si jamais elle refuse de l'épouser : il s'agira de lui faire croire qu'une maitresse du comte lui a donné la lettre pour la rendre jalouse et qu'elle rejette ainsi l'amant qui l'a trahie. Bartholo lui est désormais complètement acquis, mais refuse de lui rendre la lettre, car il souhaite s'en servir un peu plus tard contre Rosine (scènes I-III).

Le comte donne un cours de chant à Rosine, qui l'a reconnu, et les deux amants essaient de se parler lorsque Bartholo, qui était resté dans la pièce, s'assoupit. Arrive ensuite Figaro qui, afin de laisser les deux amants seuls, propose de raser le médecin. Ce dernier refuse de quitter la pièce et envoie le barbier chercher son nécessaire. Pour ce faire, il lui donne un trousseau sur lequel se trouve la clé de la fenêtre. En revenant, Figaro fait exprès de briser son matériel afin de détourner l'attention du médecin. Pendant ce temps, le comte apprend à Rosine qu'il viendra l'enlever le soir même par la fenêtre (scènes IV-VII). Mais un nouveau contretemps se présente en la personne de Bazile. Heureusement, la bourse bien remplie que lui présente le comte, ainsi que la complicité de tous les intervenants (y compris, inconsciemment, de Bartholo) oblige Bazile à aller se coucher. Figaro recommence alors son travail de barbier, mais Bartholo surprend les paroles échangées par les amants. Il comprend dès lors qu'il s'agit d'un faux maitre de chant, ce qui marque l'échec de la seconde ruse (scènes VIII-XIV).

ACTE IV

Les doutes de Bartholo sont confirmés par les dires de

Bazile. Il s'agit bien du comte Almaviva qui s'est introduit chez lui. Le docteur projette donc d'épouser sa pupille durant la nuit. Cette dernière se laisse convaincre par dépit lorsque son tuteur lui remet la lettre qu'elle avait envoyée à son amant, lui affirmant l'avoir reçue d'une maitresse du comte. Rosine apprend alors au docteur le projet d'enlèvement que le comte et elle-même ont mis en place durant la leçon de chant (scènes I-IV). Un peu plus tard, le comte et Figaro pénètrent dans la maison et rejoignent Rosine. Cependant, comme Bartholo était au courant de la tentative d'enlèvement, il a enlevé l'échelle permettant l'accès à la fenêtre et part chercher des renforts. Sur ces entrefaites arrive le notaire censé célébrer le mariage du tuteur et de sa pupille, accompagné de Bazile. C'est le même notaire qui devait unir le comte et Rosine chez Figaro, un peu plus tard. Il a donc en sa possession les deux contrats de mariage à signer. Bartholo n'étant toujours pas revenu avec les renforts, le comte et Rosine profitent de la présence du notaire pour se marier chez Bartholo, avec comme témoins Bazile, qui accepte contre de l'argent, et Figaro. Le notaire célèbre ce mariage sans se douter que la jeune femme promise au docteur et au comte n'est qu'une seule et même personne. À la suite de cet évènement, le médecin arrive et doit s'incliner, malgré les précautions –inutiles – qu'il a prises, devant la supériorité du comte et la victoire de l'amour sur la raison (scènes V-VIII).

ÉTUDE DES PERSONNAGES

LE COMTE ALMAVIVA

Le comte Almaviva est le prétendant de la jeune Rosine. Cet aristocrate téméraire est prêt à tout pour pouvoir épouser la jeune fille. Le caractère naïf que l'on retrouve habituellement chez les amants dans les comédies présentant des sujets similaires est moins présent chez le comte. En effet, la personnalité rusée de Figaro déteint progressivement sur celle du comte.

Il n'utilise pas sa position sociale pour parvenir à ses fins. Bien au contraire, il craint tout au long de la pièce d'être reconnu par Bartholo. Il ne souhaite pas non plus, dans un premier temps, faire connaitre sa véritable identité à Rosine, pour s'assurer qu'il est aimé pour lui-même et non pour son titre de noblesse. À la fin du quatrième acte seulement, il use de son titre de comte et de sa jeunesse pour prévaloir sur le statut du vieux médecin et enfin pouvoir épouser Rosine : « [...] Je suis homme de qualité, jeune et riche. » (acte IV, scène VIII)

Le personnage du comte se présente sous quatre identités différentes tout au long de la pièce :

- en tant que comte Almaviva, sa véritable identité ;
- en tant que Lindor, le jeune prétendant qui attend sous la fenêtre de Rosine ;
- en tant que Lindor, l'officier ivre qui demande l'hospitalité de Bartholo ;

- en tant qu'Alonzo, le soi-disant disciple de Bazile, le maitre de chant de Rosine.

Si certaines de ses ruses sont mises à mal, il finira cependant par épouser Rosine.

FIGARO

Avant d'arriver à Séville, Figaro était au service du comte Almaviva. Dans la pièce, il travaille en tant que barbier et apothicaire pour le compte du médecin Bartholo. Considérant que l'unique but de la vie est de trouver le bonheur, il a décidé de se rendre maitre de sa destinée et est devenu indépendant. En cela, Figaro est un personnage représentatif de la philosophie du XVIIIe siècle qui, au lieu de s'astreindre à une morale stricte afin de s'assurer le repos paisible dans l'au-delà, préfère travailler à son bonheur ici et maintenant.

Contrairement aux valets qui sont sous les ordres de leur supérieur, Figaro est un homme du peuple qui décide d'aider un noble dans sa quête. Il agit par pur amusement, non pour l'argent ou par conviction.

Bien que souvent représenté sous les traits d'un jeune homme et malgré la vivacité de son esprit, Figaro n'est plus jeune. La preuve réside dans sa longue carrière professionnelle, qu'il évoque dans l'une de ses répliques (acte III, scène v).

On retrouve beaucoup de similitudes entre l'état psychologique de Figaro et celui de Beaumarchais. De fait, tous deux rient de tout. Même quand ils sont en colère, ils plaisantent. Mais il s'agit de rires amers. Beaumarchais se décrivait d'ailleurs de la façon suivante : « Je ris ; mon intarissable belle humeur ne me quitte pas un seul instant. » (p. 7) On retrouve cette même façon de penser chez Figaro, même si chez ce dernier elle peut paraitre plus aigre : « Je me presse de rire de tout, de peur d'être obligé d'en pleurer. » (acte I, scène II)

ROSINE

Rosine est une jeune orpheline soumise à la tyrannie de son tuteur, le Dr Bartholo, qui désire l'épouser malgré la grande différence d'âge qui les sépare.

C'est une femme moderne qui n'est pas naïve : elle est instruite et n'ignore rien des intentions du comte Almaviva et de celles de son tuteur. Elle fait également preuve d'une certaine intelligence, notamment lorsqu'elle feint l'évanouissement pour que Bartholo lise la lettre de son cousin et non celle de son amant. Néanmoins, on retrouve toute sa délicatesse féminine lorsque les sentiments exacerbés qu'elle éprouve pour le comte la fragilisent et mettent en péril le projet de l'enlèvement (acte IV, scène III). Il finit tout de même par s'unir au comte.

BARTHOLO

Bartholo, qui exerce la fonction de médecin, est le tuteur de Rosine.

Il est habilement présenté par Figaro qui le décrit comme

un vieillard méfiant, rongé par la jalousie et la méchanceté (acte I, scène IV). Il est à ce sujet le parfait opposé du comte. Toutefois, malgré son âge avancé, Bartholo est en possession de toutes ses capacités, surtout lorsqu'il s'agit de déjouer les plans de sa pupille.

Beaumarchais le représente comme un médecin conservateur, opposé à toutes les nouveautés du XVIIIe siècle :

> « BARTHOLO. – Siècle barbare ! [...] qu'a-t-il produit pour qu'on le loue ? Sottises de toute espèce : la liberté de penser, l'attraction, l'électricité, le tolérantisme, l'inoculation, le quinquina, l'*Encyclopédie* et les drames... » (acte I, scène III)

De plus, de par ses traits de caractère et ses répliques, Bartholo apparait comme un médecin ridicule qui ne cherche qu'à gagner de l'argent sans se soucier de ses malades et de leur guérison (acte II, scène XIV).

À fin de la pièce, il voit ses plans échouer : sa pupille épouse le comte et non lui.

BAZILE

Bazile est le maitre de chant de Rosine et l'homme à tout faire de Bartholo. L'organisation du mariage du médecin avec Rosine repose sur ses épaules.

Bazile représente tout ce que déteste Figaro : il prône le mensonge et la calomnie (acte II, scène VIII et acte IV, scène I). Toutefois, il ne manque pas totalement de bon sens, puisqu'il conseille à Bartholo de ne pas se marier au début de l'acte IV. Selon lui, épouser une femme sans en être aimé, c'est prendre le risque d'être trompé par la suite. Cependant, ses sursauts de bon sens ne durent pas, et il n'hésite pas, dévoré par la cupidité, à trahir Bartholo à deux reprises. La première fois lorsque le comte déguisé en Alonzo le paie pour qu'il ne le démasque pas (acte III, scène XI) ; la seconde fois lorsqu'il accepte, toujours contre une somme d'argent, de servir de témoin au mariage du comte et de Rosine (acte IV, scène VII).

CLÉS DE LECTURE

UNE COMÉDIE, ENTRE TRADITION ET NOUVEAUTÉ

Selon les propos de René Pomeau, auteur de la préface du *Barbier de Séville*, « le théâtre officiel du XVIIIe siècle, celui de la Comédie-Française, dépérissait avec distinction [:] d'excellents auteurs s'évertuaient à servir d'inertes tragédies [, tandis que] les auteurs comiques craignaient de faire rire ».

C'est dans ce contexte qu'intervient Beaumarchais avec le souhait de renouer avec la comédie et de « ramener au théâtre l'ancienne et franche gaieté, en l'alliant avec le ton léger de notre plaisanterie actuelle » (préface du *Mariage de Figaro*). Pour cela, il s'inspire de ses prédécesseurs, notamment de Molière, tout en donnant à sa pièce une tonalité nouvelle et particulière.

L'intrigue est plutôt classique, et le dénouement est celui que l'on attend d'une comédie, même si Beaumarchais ajoute maintes péripéties et en retarde l'achèvement. Figaro, lui-même présente certaines similitudes avec d'autres valets de comédie, notamment Scapin. Il partage avec ce dernier une grande ingéniosité et un esprit rusé. Il se met également au service du comte Almaviva, son ancien maitre, pour l'aider à déjouer les plans de Bartholo et conquérir la femme qu'il aime, Rosine.

Pourtant, Figaro ne peut se réduire à cette image classique de valet, ni même à un type théâtral. Dès le début de la pièce, le personnage surprend par sa liberté de ton, tranchant avec sa condition d'homme du peuple. Il a la répartie facile, se montre parfois insolent, et manie le langage avec plus de brio que le comte. Dans les différentes répliques entre l'ancien valet et son maitre, qui émaillent la deuxième scène de l'acte I, et qui se transforment parfois en joutes verbales, on peut remarquer que Figaro a toujours le dernier mot, et dispose donc d'une forme d'ascendant sur le comte Almaviva : « Aux vertus qu'on exige dans un domestique, Votre Excellence connaît-elle beaucoup de maîtres qui fussent dignes d'être valets ? » (acte I, scène II) Il est même le personnage central de la pièce, en paroles comme en actions.

La grande nouveauté de Beaumarchais réside également dans le traitement quasi romanesque qu'il fait de son personnage. Figaro a un passé ; il a beaucoup voyagé et a exercé des métiers très divers. Par ses réflexions personnelles sur la vie, son point de vue souvent polémique sur la société, il acquiert une épaisseur psychologique.

Si on peut voir dans ce personnage le porte-parole de Beaumarchais, il peut parfois même être considéré comme son double théâtral, puisque l'auteur et le personnage partagent certaines expériences, parfois malheureuses. La dénonciation de la censure subie par Figaro (acte I, scène II) fait, par exemple, directement référence aux difficultés rencontrées lors du lancement du *Barbier de Séville*.

L'originalité de Beaumarchais dans son traitement des personnages est perceptible dans les suites qu'il produira (*Le Mariage de Figaro* en 1784 et *La Mère coupable* en 1797).

La nature riche et complexe de Figaro sera ainsi développée, sur plusieurs années, à travers son histoire (il retrouvera ses parents, se mariera, etc.). L'évolution de Figaro, mais aussi du comte et de Rosine, accompagnera celle du théâtre de Beaumarchais puisqu'au fil des péripéties de ses personnages vieillissants, la tonalité se fera moins légère, passant de la comédie qu'est *Le Barbier de Séville* au drame qu'est *La Mère coupable*.

LES PROCÉDÉS COMIQUES

Dans *Le Barbier de Séville*, la tonalité comique est prépondérante et s'appuie sur plusieurs registres comiques :

- **le comique de caractère**. On le retrouve dans l'utilisation de personnages « caricaturaux » et dans l'exagération de certains de leurs traits. Le caractère conservateur et jaloux à l'extrême de Bartholo, par exemple, ou encore les valets qui s'apparentent aux personnages de la farce. Le public peut également s'amuser du décalage qui existe entre le nom de certains personnages, leur caractère et leur attitude. Ainsi, l'Éveillé est décrit comme « un garçon niais et endormi », tandis que La Jeunesse est un vieux domestique ;
- **le comique de geste**. Dans la scène vii de l'acte II, l'Éveillé baille sans cesse et la Jeunesse marche en s'aidant d'une canne ;
- **le comique de situation**. Il est lié à l'intrigue et aux péripéties que vivent les personnages, à travers les coups de théâtre, ou encore les quiproquos. Il repose sur la connivence des spectateurs qui peuvent se réjouir du

succès des personnages quand il s'agit de duper Bartholo. La scène xv de l'acte II, par exemple, au cours de laquelle Rosine tente à tout prix de cacher à Bartholo la lettre du comte repose sur ce type de comique, de même que la scène iv de l'acte III, où les deux amants, sous couvert d'une chanson, *La Précaution inutile*, se font part de leurs sentiments et évoquent leur amour, tout en trompant la vigilance de Bartholo ;

- **le comique de mots**. Basé comme son nom l'indique sur le langage, il est celui qui occupe la plus grande place dans la pièce. L'auteur utilise bon nombre de procédés littéraires qui procurent à son texte une grande richesse langagière et de nombreux effets comiques. On le trouve par exemple, à travers :

  - Les répétitions :

    > « Le comte. – Allez vous coucher, mon cher Bazile [...].
    > Figaro. – Il a la physionomie toute renversée. Allez vous coucher.
    > Bartholo. – D'honneur, il sent la fièvre d'une lieue. Allez vous coucher.
    > Rosine. – Pourquoi êtes-vous donc sorti ? On dit que cela se gagne. Allez vous coucher. » (acte III, scène xi)

  - La stichomythie (succession de répliques très courtes) :

    > « Bartholo, *bas*. – Je le sais, taisez-vous.
    > Bazile, *bas*. – Qui vous l'a dit ?
    > Bartholo, *bas*. – Lui, apparemment !
    > Le comte, *bas*. – Moi, sans doute : écoutez seulement.
    > Rosine, *bas, à Bazile*. – Est-il si difficile de vous taire ? » (acte III, scène xi)

Beaumarchais utilise également les figures d'opposition,

notamment pour montrer la lutte incessante de Figaro, qui se presse de « rire de tout, de peur d'être obligé d'en pleurer » et parmi elles :

- Le parallélisme :

  « FIGARO. – Accueilli dans une ville, emprisonné dans l'autre ». (acte I, scène II)

- l'antithèse :

  « LE COMTE. – Te voilà si gros, si gras…
  FIGARO. – Que voulez-vous, Monseigneur, c'est la misère. » (acte I, scène II)

- l'oxymore :

  « LE COMTE. – Ta joyeuse colère me réjouit ». (*ibid.*)

La majorité de ces procédés relèvent de l'ironie qui prédomine dans les dialogues et qui souligne la portée satirique et polémique de la pièce. Parmi ceux-là, on peut encore citer :

- l'antiphrase :

  « LE COMTE. – Maraud ! si tu dis un mot…
  FIGARO. – Oui, je vous reconnais ; voilà les bontés familières dont vous m'avez toujours honoré. » (*ibid.*)

- l'exagération :

  « BARTHOLO. – Mais tout cela n'arrivera plus ; car je vais faire sceller cette grille.
  ROSINE. – Faites mieux ; murez les fenêtres tout d'un coup ; d'une prison à un cachot, la différence est si peu de chose ! » (acte II, scène IV)

Le Barbier de Séville est réellement une œuvre foisonnante comme le souligne Paul Morand : « Beaumarchais ramasse les idées et les mots sublimes comme des projectiles de fortune, en bourre son pistolet jusqu'à la gueule, et décharge ses chefs-d'œuvre sans viser, à bout portant. » (cité dans Beaumarchais, *Théâtre*, Paris, GF, 1965) C'est en effet à travers la vivacité des dialogues, l'enchainement des situations, leur retournement, mais aussi à travers la richesse du langage, la variété des procédés utilisés, que Beaumarchais réussit à dénoncer « les abus de toutes sortes qui désolent la société » et tout cela sur le ton de la comédie et de la « franche gaieté » (préface).

LE TITRE DE PIÈCE

La pièce de Beaumarchais comporte deux titres qui nous éclairent sur les intentions de l'auteur.

Le Barbier de Séville, tout d'abord, désigne Figaro, et le place d'emblée comme personnage principal au cœur de l'action. Figaro est en effet le barbier de Bartholo ; il a ses entrées dans la maison, le connait mieux que quiconque pour déjouer ses plans et aider le comte Almaviva. Ce titre fait également référence à l'esprit ingénieux de Figaro, capable de se sortir de toutes les situations, comme il le dit lui-même : « [...] me moquant des sots, bravant les méchants ; riant de ma misère et faisant la barbe à tout le monde » (acte I, scène II). « Faire la barbe à quelqu'un » signifie « l'emporter, avoir l'avantage sur lui » ; « Faire barbe à quelqu'un », c'est aussi « lui tenir tête ». Ce n'est donc pas un hasard si Beaumarchais a décidé de faire de son personnage un barbier.

Le second titre, *La Précaution inutile*, renvoie à une nouvelle de Scarron (écrivain français, 1610-1660), du même nom, dont Beaumarchais s'est inspiré. Il fait essentiellement référence à l'intrigue et à toutes les précautions qu'a prises inutilement Bartholo pour pouvoir se marier avec sa pupille. Elle sert aussi de morale, lorsque Figaro clôt la pièce par ces mots : « Quand la jeunesse et l'amour sont d'accord pour tromper un vieillard, tout ce qu'il fait pour l'empêcher peut bien s'appeler à bon droit la précaution inutile. » (acte IV, scène VIII) Il permet également de mettre en valeur la mise en abyme théâtrale, la comédie dans la comédie, à l'œuvre dans *Le Barbier de Séville*. Ainsi, la lettre que Rosine fait parvenir au comte en la jetant par la fenêtre s'appelle *La Précaution inutile* :

> « BARTHOLO. – Quel papier tenez-vous là ?
> ROSINE. – Ce sont des couplets de la *Précaution inutile* que mon maître à chanter m'a donnés hier.
> BARTHOLO. – Qu'est-ce que la *Précaution inutile* ?
> ROSINE. – C'est une comédie nouvelle. » (acte I, scène III)

Grâce à cette chanson que le comte, sous le déguisement d'Alonzo, fait répéter à Rosine, les deux amants parviennent à communiquer, malgré la surveillance de Bartholo. La *Précaution inutile* est donc bien une comédie orchestrée par Figaro, le barbier, pour mieux duper le vieux médecin et aider le comte à épouser Rosine à la barbe de son tuteur.

LES SOURCES DU *BARBIER DE SÉVILLE*

Beaumarchais s'est inspiré de plusieurs œuvres pour rédiger cette comédie :

- son propre drame ***Eugénie*** (1767), dont l'héroïne, pour éviter d'épouser un vieux militaire, se jette dans les bras d'un libertin ;
- ***La Précaution inutile*** de Paul Scarron (1655), une nouvelle dans laquelle une femme réussit à dissimuler sa liaison adultère à son mari en cachant son amant dans une armoire ;
- plusieurs œuvres de Molière :
  - ***L'École des femmes***. On retrouve les mêmes types de personnages (à titre d'exemple, Rosine est proche du personnage d'Agnès), la même situation (un vieillard veut épouser sa pupille) et le même dénouement (le mariage des amants). Toutefois, Beaumarchais renouvelle quelque peu le caractère des personnages et introduit un nouvel intervenant, Figaro ;
  - ***Le Bourgeois gentilhomme*** (1670). La surprise de Rosine reconnaissant son prétendant déguisé en maitre de musique rappelle celle de Lucine face à Cléonte ;
  - ***Les Fourberies de Scapin*** (1671). On trouve un certain parallélisme entre Figaro et Scapin, dans la mesure où ils ont tous deux un rôle de premier plan et montrent beaucoup d'ingéniosité dans le dénouement de l'intrigue. La différence principale entre les deux personnages réside dans le sentiment de vengeance qui anime Scapin vis-à-vis de Géronte et qu'il veut assouvir, Figaro n'ayant aucune arrière-pensée lorsqu'il aide le comte. Il est plutôt, comme le décrit Beaumarchais dans sa préface, « un drôle de garçon, un homme insouciant, qui rit également du succès et de la chute de ses entreprises » ;

◦ **_Le Malade imaginaire_** (1673). Cléante se fait passer pour un maitre de chant pour approcher sa dulcinée, Angélique, tout comme Almaviva dans _Le Barbier de Séville_.

Cependant, Beaumarchais innove par rapport à ses prédécesseurs grâce à la présence importante de chansons (au nombre de quatre). Celles-ci dynamisent la pièce, mais constituent aussi un instrument efficace pour les personnages : les deux amants parviennent à se parler grâce au chant. La musique est en effet le meilleur langage pour exprimer ses sentiments. Elle ne constitue donc pas seulement un « fond sonore », mais elle est indispensable à l'intrigue et ne peut donc pas être supprimée, puisque c'est la seule possibilité pour les amants d'entrer en contact.

LE SIÈCLE DES LUMIÈRES

À travers cette pièce, Beaumarchais veut mettre en avant les idées défendues par les philosophes du Siècle des Lumières. Le XVIIIe siècle a vu naitre en Europe un mouvement philosophique et intellectuel qui se donnait pour objectif la défense de la tolérance, des libertés civiles et individuelles, ainsi que la promotion de la pensée rationnelle. Les écrivains de cette époque – tels que Montesquieu (1689-1755), Voltaire (1694-1778) ou Diderot (1713-1784) – souhaitaient éclairer leurs contemporains à la lumière de la raison et de l'esprit critique dans les domaines des sciences, de la religion, de la politique, etc. Ils croyaient fermement en la possible amélioration de l'homme et souhaitaient son bonheur.

Beaumarchais, dans *Le Barbier de Séville*, montre son ralliement à la pensée des lumières :

- tout d'abord en prenant le contrepied de certains détracteurs des Lumières. Lorsqu'il met dans la bouche de Bartholo des propos réfractaires à toute nouveauté, tout en se moquant du vieillard, il tourne en dérision les conservateurs. Ainsi, la pensée de Beaumarchais se dessine dans son opposition aux propos de Bartholo :

  > « BARTHOLO. – Siècle barbare ! [...] qu'a-t-il produit pour qu'on le loue ? Sottises de toute espèce : la liberté de penser, l'attraction, l'électricité, le tolérantisme, l'inoculation, le quinquina, l'*Encyclopédie* et les drames... » (acte I, scène III)

- Ensuite, le comte et Figaro – autrement dit Beaumarchais – développent les idées défendues par les philosophes des lumières, telles que :
  - la recherche du bonheur : « LE COMTE. – Chacun court après le bonheur. Il est pour moi dans le cœur de Rosine. » (acte I, scène I)
  - chaque homme est libre ;
  - la liberté des plus faibles doit être défendue par la justice face à la domination de quelques puissants.

Beaumarchais apparait donc comme un homme de son temps, s'accordant déjà avec la pensée qui veut que « tous les hommes naissent égaux en droits » (Déclaration des droits de l'homme, 1789).

UNE CRITIQUE DU POUVOIR ET DE SES ABUS

Dans la préface du *Mariage de Figaro* (1784), pièce qui suivra *Le Barbier de Séville*, Beaumarchais explicite son projet, celui de dénoncer, à travers ses comédies, les abus de toutes sortes :

> « Les vices, les abus, voilà qui ne change point mais se déguise en mille formes sous le masque des mœurs dominantes : leur arracher ce masque et les montrer à découvert, telle est la noble tâche de l'homme qui se voue au théâtre ».

Ce n'est pas chose aisée, et, comme Molière en son temps, Beaumarchais sera malmené par la critique, même s'il rencontre l'adhésion du public, et devra même faire face à des menaces de censure.

La censure est d'ailleurs le premier abus de pouvoir que Beaumarchais dénonce à travers la tirade de Figaro revenant sur ses déboires littéraires au théâtre (acte I, scène II). Pour mieux montrer leur malveillance et leur acharnement, Figaro compare les « censeurs, les critiques, les envieux… » à des « loups », des « insectes », des « moustiques » attachés à « déchiqueter et [à] sucer le peu de substance qui [...] restait » aux « malheureux gens de lettres ».

À travers le personnage de Bartholo, Beaumarchais critique également l'arbitraire, celui d'un pouvoir utilisé de façon injuste et tyrannique :

> « LA JEUNESSE, *éternuant.* – Eh mais, Monsieur, y a-t-il… y a-t-il de la justice ?
> BARTHOLO. – De la justice ! C'est bon entre vous autres misérables, la justice ! Je suis votre maître, moi, pour avoir toujours raison. » (acte II, scène VII)

C'est surtout à l'encontre de Rosine, que Bartholo abusera de son pouvoir, allant jusqu'à l'enfermer contre son gré et à la contraindre à l'épouser et ce, au mépris des lois :

> « ROSINE. – Sa femme ! Moi ! Passer mes jours auprès d'un vieux jaloux, qui, pour tout bonheur, offre à ma jeunesse un esclavage abominable ! » (acte III, scène XII)

Enfin, Beaumarchais n'épargne pas, à travers Bazile, les esprits corrompus, dénués de tout scrupule, auxiliaires zélés de tous ceux qui souhaitent opprimer en toute impunité :

> « La calomnie, Monsieur ? [...] j'ai vu les plus honnêtes gens près d'en être accablés [...]. Croyez qu'il n'y a pas de plate méchanceté, pas d'horreurs, pas ce conte absurde, qu'on ne fasse adopter aux oisifs d'une grande ville, en s'y prenant bien [...]. » (acte II, scène VIII)

Beaumarchais à travers cette critique des abus de pouvoir, prône la liberté : celle d'expression, de vivre et d'aimer selon ses mérites et ses désirs. Il ne cherche pas pour autant à renverser un ordre établi, mais plutôt à dénoncer les vices d'un pouvoir mal utilisé au détriment des plus faibles. Les personnages qui subissent les abus de pouvoir (Figaro et Rosine) sont d'ailleurs les personnages les plus ingénieux du *Barbier de Séville*, ceux qui montrent beaucoup de ressources et d'esprit. Preuve s'il en est, pour Beaumarchais, qu'être né homme et bien né n'est pas un gage de supériorité et ne légitime en rien le pouvoir et ceux qui en abusent.

QUELQUES QUESTIONS POUR APPROFONDIR SA RÉFLEXION...

- Dressez le portrait de Figaro. En quoi ce personnage rompt-il avec l'image classique du valet ?
- Relevez dans la pièce les différents passages qui révèlent le caractère peu fiable de Bazile.
- Comparez le statut de la noblesse (le comte) avec celui de la bourgeoisie (Bartholo) dans *Le Barbier de Séville*.
- *Le Barbier de Séville* respecte-t-il la règle des trois unités et les règles de bienséance et de ton chères au siècle classique ?
- Avant d'établir cette version du *Barbier de Séville*, Beaumarchais a retravaillé cette pièce à de multiples reprises. Est-ce visible ? Justifiez votre réponse.
- Comparez cette pièce, notamment du point de vue de la structure et des personnages, avec *L'École des femmes* de Molière.
- Dans sa préface, Beaumarchais affirme avoir voulu écrire « une espèce d'imbroille », ce qui signifie « un imbroglio » ou encore « une intrigue compliquée ». En quoi selon vous l'intrigue du *Barbier de Séville* répond-elle à cette définition ?
- Danton (homme politique français et figure incontournable de la Révolution, 1759-1794) aurait déclaré en 1789 : « Figaro a tué la noblesse. » Figaro est-il pour vous un personnage révolutionnaire ? Justifiez votre réponse.
- Selon vous, cette pièce met-elle en scène des pratiques respectueuses des droits de l'homme ? Justifiez.

- Comparez *Le Barbier de Séville* avec des comédies contemporaines présentant le même genre de sujet. Quelles sont les particularités de la pièce de Beaumarchais ?

POUR ALLER PLUS LOIN

ÉDITION DE RÉFÉRENCE

- BEAUMARCHAIS, *Le Barbier de Séville*, Paris, Didier & Méricant, coll. « Les Classiques de la Civilisation française », 1960, 111 p.

ÉTUDES DE RÉFÉRENCE

- BEAUMARCHAIS, *Le Barbier de Séville*, avec une notice biographique, une notice historique et littéraire, des notes explicatives, des documents, des jugements, un questionnaire et des sujets de devoirs par L. Lejealle, Paris, Larousse, coll. « Nouveaux Classiques Larousse », 1959.
- DAUVIN S., *Le Barbier de Séville*, Beaumarchais, Paris, Hatier, coll. « Profil d'une œuvre », 1981.

ADAPTATION

- *Il Barbiere di Siviglia*, opéra de Gioachino Rossini, livret de Cesare Sterbini, 1816.

SUR LEPETITLITTÉRAIRE.FR

- Fiche de lecture sur *Le Mariage de Figaro* de Beaumarchais.

Retrouvez notre offre complète sur lePetitLittéraire.fr

- des fiches de lectures
- des commentaires littéraires
- des questionnaires de lecture
- des résumés

ANOUILH
- Antigone

AUSTEN
- Orgueil et Préjugés

BALZAC
- Eugénie Grandet
- Le Père Goriot
- Illusions perdues

BARJAVEL
- La Nuit des temps

BEAUMARCHAIS
- Le Mariage de Figaro

BECKETT
- En attendant Godot

BRETON
- Nadja

CAMUS
- La Peste
- Les Justes
- L'Étranger

CARRÈRE
- Limonov

CÉLINE
- Voyage au bout de la nuit

CERVANTÈS
- Don Quichotte de la Manche

CHATEAUBRIAND
- Mémoires d'outre-tombe

CHODERLOS DE LACLOS
- Les Liaisons dangereuses

CHRÉTIEN DE TROYES
- Yvain ou le Chevalier au lion

CHRISTIE
- Dix Petits Nègres

CLAUDEL
- La Petite Fille de Monsieur Linh
- Le Rapport de Brodeck

COELHO
- L'Alchimiste

CONAN DOYLE
- Le Chien des Baskerville

DAI SIJIE
- Balzac et la Petite Tailleuse chinoise

DE GAULLE
- Mémoires de guerre III. Le Salut. 1944-1946

DE VIGAN
- No et moi

DICKER
- La Vérité sur l'affaire Harry Quebert

DIDEROT
- Supplément au Voyage de Bougainville

DUMAS
- Les Trois
  Mousquetaires

ÉNARD
- Parlez-leur
  de batailles,
  de rois et
  d'éléphants

FERRARI
- Le Sermon sur la
  chute de Rome

FLAUBERT
- Madame Bovary

FRANK
- Journal
  d'Anne Frank

FRED VARGAS
- Pars vite et
  reviens tard

GARY
- La Vie devant soi

GAUDÉ
- La Mort du
  roi Tsongor
- Le Soleil des
  Scorta

GAUTIER
- La Morte
  amoureuse
- Le Capitaine
  Fracasse

GAVALDA
- 35 kilos d'espoir

GIDE
- Les
  Faux-Monnayeurs

GIONO
- Le Grand
  Troupeau
- Le Hussard
  sur le toit

GIRAUDOUX
- La guerre de
  Troie
  n'aura pas lieu

GOLDING
- Sa Majesté des
  Mouches

GRIMBERT
- Un secret

HEMINGWAY
- Le Vieil Homme
  et la Mer

HESSEL
- Indignez-vous !

HOMÈRE
- L'Odyssée

HUGO
- Le Dernier Jour
  d'un condamné
- Les Misérables
- Notre-Dame
  de Paris

HUXLEY
- Le Meilleur
  des mondes

IONESCO
- Rhinocéros
- La Cantatrice
  chauve

JARY
- Ubu roi

JENNI
- L'Art français
  de la guerre

JOFFO
- Un sac de billes

KAFKA
- La Métamorphose

KEROUAC
- Sur la route

KESSEL
- Le Lion

LARSSON
- Millenium 1. Les
  hommes qui
  n'aimaient pas
  les femmes

LE CLÉZIO
- Mondo

LEVI
- Si c'est un
  homme

LEVY
- Et si c'était vrai…

MAALOUF
- Léon l'Africain

MALRAUX
- La Condition humaine

MARIVAUX
- La Double Inconstance
- Le Jeu de l'amour et du hasard

MARTINEZ
- Du domaine des murmures

MAUPASSANT
- Boule de suif
- Le Horla
- Une vie

MAURIAC
- Le Nœud de vipères

MAURIAC
- Le Sagouin

MÉRIMÉE
- Tamango
- Colomba

MERLE
- La mort est mon métier

MOLIÈRE
- Le Misanthrope
- L'Avare
- Le Bourgeois gentilhomme

MONTAIGNE
- Essais

MORPURGO
- Le Roi Arthur

MUSSET
- Lorenzaccio

MUSSO
- Que serais-je sans toi ?

NOTHOMB
- Stupeur et Tremblements

ORWELL
- La Ferme des animaux
- 1984

PAGNOL
- La Gloire de mon père

PANCOL
- Les Yeux jaunes des crocodiles

PASCAL
- Pensées

PENNAC
- Au bonheur des ogres

POE
- La Chute de la maison Usher

PROUST
- Du côté de chez Swann

QUENEAU
- Zazie dans le métro

QUIGNARD
- Tous les matins du monde

RABELAIS
- Gargantua

RACINE
- Andromaque
- Britannicus
- Phèdre

ROUSSEAU
- Confessions

ROSTAND
- Cyrano de Bergerac

ROWLING
- Harry Potter à l'école des sorciers

SAINT-EXUPÉRY
- Le Petit Prince
- Vol de nuit

SARTRE
- Huis clos
- La Nausée
- Les Mouches

SCHLINK
- Le Liseur

SCHMITT
- La Part de l'autre
- Oscar et la
  Dame rose

SEPULVEDA
- Le Vieux qui
  lisait des romans
  d'amour

SHAKESPEARE
- Roméo et Juliette

SIMENON
- Le Chien jaune

STEEMAN
- L'Assassin
  habite au 21

STEINBECK
- Des souris et
  des hommes

STENDHAL
- Le Rouge et
  le Noir

STEVENSON
- L'Île au trésor

SÜSKIND
- Le Parfum

TOLSTOÏ
- Anna Karénine

TOURNIER
- Vendredi ou
  la Vie sauvage

TOUSSAINT
- Fuir

UHLMAN
- L'Ami retrouvé

VERNE
- Le Tour
  du monde
  en 80 jours
- Vingt mille
  lieues sous
  les mers
- Voyage au
  centre de
  la terre

VIAN
- L'Écume des jours

VOLTAIRE
- Candide

WELLS
- La Guerre des
  mondes

YOURCENAR
- Mémoires
  d'Hadrien

ZOLA
- Au bonheur
  des dames
- L'Assommoir
- Germinal

ZWEIG
- Le Joueur
  d'échecs

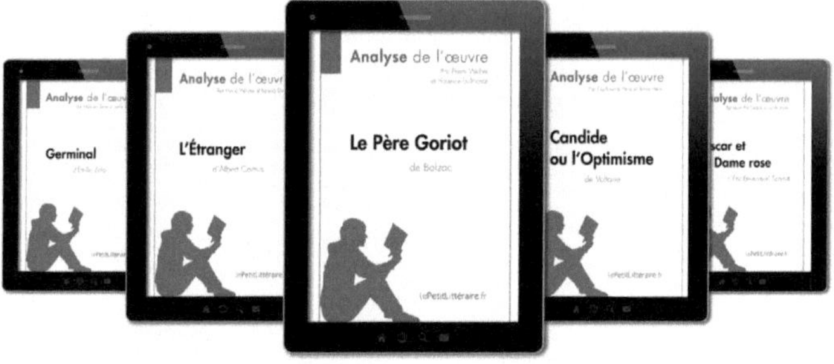

www.lepetitlitteraire.fr

ISBN version numérique : 978-2-8062-9261-2
ISBN version papier : 978-2-8062-9262-9
Dépôt légal : D/2016/12603/960

Avec la collaboration d'Hélène Dupuis pour les chapitres « Une comédie entre tradition et nouveauté », « Les procédés comiques », « Le titre de la pièce » et « Une critique du pouvoir et de ses abus ».

Conception numérique : Primento,
le partenaire numérique des éditeurs.

Ce titre a été réalisé avec le soutien de la Fédération Wallonie-Bruxelles, Service général des Lettres et du Livre.